KB042087

# 산속에 세 들다

# 산속에 세 들다

**초판 1쇄 인쇄일** 2023년 5월 20일
**초판 1쇄 발행일** 2023년 6월  1일

**지은이** 문학철
**펴낸이** 양옥매
**디자인** 송다희 표지혜
**교   정** 조준경

**펴낸곳** 도서출판 책과나무
**출판등록** 제2012-000376
**주소** 서울특별시 마포구 방울내로 79 이노빌딩 302호
**대표전화** 02.372.1537   팩스 02.372.1538
**이메일** booknamu2007@naver.com
**홈페이지** www.booknamu.com
ISBN 979-11-6752-319-8 (03800)

* "2023 양산시 지역문화진흥기금 지원 사업" 지원을 받아 제작하였습니다.

# 산속에 세 들다

문학철 지음

책과나무

날개옷 꺼내어, 떠나왔던
고향별로 올라가고

나는,
하늘 두레박이 없네.

(「청등(靑燈)」 전부)

## 1

마트에 갔다가 마트 주차장에서 떨이로 파는 옷가지
가 맘을 움직였다. 거저 줍는 기분이었다. 항상(恒常)
으로 돌아가 웃기만 하는 선녀 앞에서 옷을 갈아입어 보
였다.

무상(無常)한 나다. 나 입으려고 옷도 사고, 시도 긁
적인다. 열없는 핑계도 댄다. 그래도 선녀는 환하게 웃
기만 한다.

## 2

친구가 묻는다.

산속에 세 들면 세 든 값은 뭘로 치르시나?

세를 낼 때 사람들이 좋아하는 돈으로 치르듯이, 산에 치르는 세도 산이 좋아하는 것으로 해야겠지.

산이 받고 싶어 하는 건 뭘까?

자연을 훼손하지 않고 가능하면 복원하는 것 아닐까.

이 세상은 내게 뭘 원할까.

## 3

억지로 새기지도, 지우지도 않으며 건너가는 이 빛나는 지상의 봄이, 고요한 풍성함이 자꾸만 미안하다.

## 차례

2

울
어
보
리
라

모
래
무
지
의

명
령
이
다

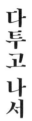

1

다투고 나서

산이란 산은

짙은 빛깔

깊은 그늘, 초록을 다 태우더니,


불구덩이


한 줌 새하얀 뼈로 섰구나.


뼛가루 한 줌이구나.

(「폭설(暴雪)」 전부)

## 001 - 청등 靑燈

날개옷 꺼내어, 떠나왔던

고향별로 올라가고


나는,

하늘 두레박이 없네.

　추돌 사고가 날 뻔했다. 대형 외제세단이라 더 아찔했다. 화가 났다.

　중앙선을 넘어야 마트에 들어갈 수 있었다. 반대편 차들 때문에 좀 멈칫거렸다. 하필 내 뒤로 은빛 외제세단이 끼어들 때였다. 끼어들었던 차가 옆 차선으로 돌더니 내 앞에서 급정거했다. 처음에는 같은 마트에 들어가려는 차인가 했다. 반대편 차선이 틔어 마트로 들어갔다. 저는 그때서야 훤하게 비어 있던 직진 차선으로 갔다.

　선녀가 나처럼 무상無常할 때였다면 선녀는 들어 주다가 화를 내는 척 내 편이 되었다. 나쁜 놈이라며 편들어 주는 한마디에 가슴에 얹혔던 돌덩이가 쑥 사라졌다.

　그런데 선녀가 직장에서 있었던, 이런저런 정말 소소한 이야기 풀어놓았을 때 나는 얼마나 들어 주었던가? 조언이라고, 정말 멍청한 소리만 했었다.


　지금 이 이야기 다 안다는 듯, 내 편이라는 듯, 항상恒常에 든 선녀가 환하게 웃고 있다.

연못 속에 든

열사흘 환한 달 같은 그대


살구 꽃잎 하나

사뿐히

내려앉는 무게에도

온 하늘이 흔들리는 것은

그대 향한 렌즈의 배율이

너무 높기 때문이다.

(「관심」 전부)

낚싯대 드리운 검푸른 하늘이 깊다.


生살 붙인 그믐달


이윽고
하늘 깊은 속이 담채화로 열린다.


붉게 타오르는 화룡火龍 한 마리
요동쳐
온 하늘이 들끓는다.

마트에 갔다가 마트 주차장에서 떨이로 파는 옷가지가 맘을 움직였다. 거저 줍는 기분이었다. 항상恒常으로 돌아가 웃기만 하는 선녀 앞에서 옷을 갈아입어 보였다.

무상無常한 나다. 나 입으려고 옷도 사고 시도 긁적인다. 열없는 핑계도 댄다. 그래도 선녀는 환하게 웃기만 한다.

## 002 - [텁 둘]


각시취 각시붓꽃 각시둥굴레꽃

각시는 신랑보다

낮은 키 수줍어 더 예쁘다네.


또 더 낮추어 귀여운

애기나리, 애기괭이밥

애기고추나물


여든 어머니 키 더 낮추시어

아기처럼 맑은 눈

큰형수 가슴 속 깊이 내리시네.

(「낮은 자리」 전부)

# 003 - 산속 마을

매화 피는 소리에 이끌려

달 환한 밤이면

어린 고라니가

매화나무 그늘로 숨어든다.


어린 녀석 한 번씩

꽃잎을 물고

매화 가지에 걸린 달을 본다.


우수 지나 달 밝은 밤이면

어린 고라니가 밟아, 매화 가지

그림자, 부러지는 소리

봄이 피는 소리.

003 - [팁 하나]

신혼 초. 2월 봄방학. 비가 촉촉이 내리는 밤. 따끈한 온돌방. 뜬금없이, "이 비 맞으며 산속의 멧돼지는 얼마나 추울까?" 선녀에게 물었다. (사람은 이렇게 따끈한 온돌방에서 자는데, 사람 아닌 생명 참 힘들겠다는 생각이 들어서 - 이 말을 할 기회가 없었다. 이 말을 미리 했더라도 달라지지 않았겠지만.)

그 후로 선녀는 다문다문 "산속의 멧돼지 걱정 안 해?" 환하게 웃으며 내게 묻고는 했다.

비 온 다음이라

뿌연 그림자로 평면처럼 보이던

연보랏빛 산이 양감을 얻어

거기 선 나무들

점자처럼 오돌오돌 돋아

환하게 웃네.


티끌 걷어 내고 보면

속으로부터 살아나 웃어 오는

삶 거기 있네.

(「나무들 오돌오돌 돋아 있네」 전부)

## 004 - 강가에서

"기찻길 만들자."


할머니는 어린 손녀를 두고

쉬 무너지지 않는

주름을 두 줄로 세워

오른손으로 왼 손등에 기찻길을 만들었다.


무상無常의 어린 선녀는

할머니라는 부류와 손녀라는 부류는

아주 다른 사람이라

마침내 같아진다는 것을 인정할 수 없었다.


"나는 할매처럼 안 늙을 거야."


"아따, 이것아,

 시상에 안 늙는 것도 있디~"

"할매, 난 이것 아니고 사람이야."


다섯 살 선녀는

한마디도 지지 않고

할머니랑 늘 다투었다.


어느 날

오른손으로 내 왼 손등을 집어

두 줄로 세운 주름이 무너지지 않는

기찻길 만들며

마침내 같아진다는 것을 인정하지 않는

어린 선녀랑

호호 할아버지인

나는 또, 또랑또랑, 투덕투덕 싸우리라.

아이를 낳지 않겠다는 아들 내외와 딸을 울산역에 태워다 주고 왔다. 아들이나 딸이 아이를 낳지 않겠다고 선언하는 말을 들으니, 속이 곯은 양파가 떠올랐다.

항상恒常에 든 선녀가 명절 뒷설거지하는 나를 보며 환하게 웃는다. 고요함과 적막은 백지장 앞뒤와 같고, 평화로움과 쓸쓸함도 뗄 수 없는 양면이다.

004 - [덤 둘]

구름 한 조각 바람 따라

일어나고


그리움은 산마루에 걸려

저녁볕에 물드네.

(「나뭇잎 편지 6」 전부)

## 005 - 다투고 나서

저녁 퇴근길이 어둡다던 말이 떠올라

편한 옷으로 갈아입고

어둑하니 조용한

솔잎 소복소복 내려앉은 무풍한송길

바람 춤추어 더 서늘하고 깊은 솔숲길

걸어, 청류동에 왔습니다.


토닥토닥

군소리하던 게 엊저녁,


쌀쌀한 표정 만들며

찻집 정리 다 끝내 놓고 말없이 나섭니다.


키 큰 소나무 서로 어깨 손 얹어

앞장서고, 뒤따라오고

청류동천 흐르는 물은

천 년 전이나 지금이나

아직도 재잘재잘

어린애로 장난치며 새롭습니다.


걸어 내려오는 길

물속처럼

깊고 아득하기만 한데,

따뜻한 손이

내 외투 주머니 속으로

살그머니 들어옵니다.


인적 끊어진 숲속

밤새는 숲으로 깃을 치며 깃듭니다.

내가 드라이브를 참 좋아한다고 생각했었다.

한 달에 예닐곱 번. 평균 열 시간 남짓 운전대를 잡았다. 선녀는 동네 운전면허라 우리 동네 벗어나면 운전대를 잡지 못했다.

한 달에 열 번 정도 쉬었던 선녀는 동승同乘이 큰 벼슬인 듯, "나 그러면 안 갈래."가 큰 무기였다. 그렇게 생각했다.

옆자리 선녀는 참 자질구레한 이야기들을 했다. 내가 한참을 듣고 듣다가 선녀에게 동조하지 않고 한마디라도 조언하면, "당신, 정말 구제 불능이야." 차 세우라 하고 뒷자리로 가겠다고 했다. 미안하다고 몇 번씩 사과하고, 또 한참 후 토닥토닥.

혼자인 내가 딱, 한 번. 나섰다가 한 시간 만에 차를 돌렸다.

살아서 심심하지 않은 삶이 어디 있으랴.


늙은 바위 위에

구부정하니 서 있는 소나무도

바람 한 줄기에 잠시 발돋움해 보지만

계곡 건너

산등성이는 느릿느릿 돌아눕는다.

심심함에 지친 매미 소리도

심심해서 피워보는 구름 봉우리도

소나기 쏟아져

없던 계곡물 불어 넘치는 소리도

심심하다 심심하다 심심하다

산속 오래된 바위 틈새 참나리꽃도

심심해 심심해서 꽃을 피우고

그 아래 솔이끼도 심심함에 지쳐

방석으로 깔렸다.

저 속에 심심함이 가득 심심하다.

(「심심하다」 전부)

## 006 - 비빔밥을 먹다

원추리새순무침은 달큰하고 식감이 부드럽다.

선녀가 좋아하던 무침이다.

머구, 취나물, 방풍나물무침에 더해 귀리밥,

고추장 큰 숟가락 수북이 섞어 비볐다.

입과 코에 봄이 가득하다.


노랗게 잘 우려진 백목련꽃잎차 한 잔 앞에 두고

항상의 선녀가

비빔밥 잘 먹고 있는 나를 보며 환하게 웃는다.

무상한 나는

봄이 가득한 비빔밥이 매워 꼭꼭 씹어 먹는다.

한숨 자고 나면 한 오륙 년 훌쩍 흘러

당신 퇴직했으면 좋겠다 한다.

시집은

갔을 테고, 장가도 갔겠지.


빚 없이 퇴직금으로 산속 오두막에서

그냥, 시냇물 소리나 들으며

둘이 살았으면 좋겠다고.


한 생애를 지고 온 빚이

늙음보다 더 무거운가 보다.

(「대화」 전부)

006 - [텃 둘]


범람하는 강물로도 바다는 높이를 더하지 않지만

한 방울 눈물로도 바다는 키를 키운다.


태산을 태우고도 하늘은 붉어지지 않지만

장미꽃 한 송이 피어나

하늘은 온 저녁 붉게 타오른다.

(「눈물」 전부)

## 007 · 불쌍하다

등 좀 긁어. 거기, 좀 아래. 왼쪽. 아! 당신은 어째 맨날 왼쪽 오른쪽도 몰라. 꼭 반대로 알잖아.

선생을 오래 해서 그런 모양이야. 애들 마주 보며 말하니 왼쪽 오른쪽이 늘 반대잖아.

발바닥이 아픈 선녀가 잠이 오지 않는다며 갓 잠이 든 나를 깨워서 냉장고 속 '누가바' 하나 가져오란다. 껍질 벗겨 주었다. 나도 좋아하는 '메로나' 하나 물고 보니 잠이 물러났다.

비 오시는 이런 깊은 밤. 잠은 안 오고. 혼자 사는 사람들 참 불쌍해.

밤 건너가며 두런거렸다.

형수는 형이랑 결혼한 일 후회해 본 적 없어요? 조카 결혼식장 다녀오는 차 안에서 동생이 불쑥 물었다.

살면서 후회한 적 왜 없겠어요. 그렇지만 결혼 잘했죠. 뭐. 애인으로서는 빵점이지만 신랑으로서는 만점이거든요. 형이.

애인으로서는 빵점인 형이랑 뭘 믿고 결혼했는데요?

내가 눈이 좋아요. 신랑으로서는 만점짜리일 거라 알아봤어요. 아, 엄마가 결혼 반대하지 않았더라면 어땠을지 몰라요. 오기가 나서 했을 수도 있어요. 어떻든 잘했죠.

마을에서 훌쩍 떨어져 집을 지을 것이면 볕살 좋은 곳에 한 평 남짓 텃밭을 지으리라.

꽃밭 뒤에 텃밭
상추 네 포기, 고추는 세 포기
배경으로 두고
흰나리꽃 두 포기 나란히 심을 테다.

마침내
내 힘이 저물 때가 되면
흰나리꽃,
이제는 온통 꽃밭이리라.

해마다 며칠은
향내로 텃밭이 환하게 밝아지리라.

「무덤」 전부)

## 008 – 묵어 깊은 맛

매운 건 입에 대지도 못하는 선녀가
최저 시급 직장에서 퇴근하며
양념 범벅인 시뻘건 김치를 갖고 왔다.

전원 마을 부잣집 마님이 손수 담근 거래.
매운 것 못 먹는다고 했더니
영감 입도 생각하라며.
다른 김치보다 먼저 먹으래.

김치에 온갖 것 다 넣어서
지금 맛있는 거래.
오래 두고 먹는 김치는
별 양념하지 않잖아.

묵은 김치는 양념 적은 담백한 것이라야
깊은 맛이 나는 거야.
사람도 만나서 금세 달달하게 친하면

결국 오래 가기 힘들어.

늘 먹는 것은 맹물이야.

오래 묵은 친구 생각해 봐.


우리 각시 시인이네.

아직도 각시야?

응, 아직 눈에 콩깍지 벗겨지지 않았고

찌짐도 잘 발라져 있어.

덕이가 오늘 학교 오다가 선녀처럼 깨끗하고 순결해 보이는 예쁜 여학생을 만났다고 해 보자. 이야 신났겠네. 말은 붙여 봤니? 샘이 가정법으로 말했잖아. 그 여학생이 너무 깨끗하고 예뻐서 순간 덕이가 자기 속이 너무 더럽게 느껴졌어. 그래서 덕이는 가래를 뱉어 그 여학생 얼굴에 칵 뱉었어. 우와~ 샘 미쳤어요? 뭐 선생님이 미쳤다고? 샘 그게 아니고요. 그런 여학생 만났으면 가래가 넘어왔더라도 저는 그냥 삼킬 거예요.

기침을 하자. / 젊은 시인이여 기침을 하자. 눈 위에 대고 기침을 하자. 눈더러 보라고 마음 놓고 마음 놓고 / 기침을 하자. (김수영 「눈」 부분)

(『관광버스 궁둥이와 저는 나귀』에서)

띵눈이라니까!
어! 거기 있던 게 왜 안 보였을까?
당신 눈은 액세서리잖아.


그래도,
세상천지 넓고 넓은 가운데
띵눈인 내가
용케 당신은 찾았네.


찾고 나면
숨은 그림이 아니다.


숨은 그림 속
나는 어디 숨어 있는 것일까.

(「심우도(尋牛圖)」 전부)

## 009 - 기다리다

북어뭇국을 끓이려고 마트에 다녀왔습니다.


원두막까지 마중 나왔던 고리가

이상하다는 듯

계단 내려가는 나를 흘깃 보고서는

따라 내려오지 않고

그냥 입구 쪽 보며 서 있습니다.


선녀가 퇴근해 오면, 먼저 내려와

물 첩첩첩첩 먹어 보여

우리 고리 물 잘 먹네.

토닥토닥 엉덩이 두드려 칭찬하던 소리

잊지 못하나 봅니다.


낮이면 늘 원두막 옆에 앉아서,

밤이면 제집에 들어가지 않고

마당 잔디밭에서

하염없이 기다리고 있습니다.


환한 햇살에 눈이 시리지만

나는

그저 북어뭇국을

수저로 훌쩍훌쩍 잘도 떠먹습니다.

009  –  [팁 하나]


　천지가 맑은 공기로 가득 차는 청명淸明이다. 산천초목이 부활하는 모습에 눈이 시리다. 선녀 앞에 올려 둔 도라지차를 내가 마시고 며칠 전 말린 백목련꽃차로 잔을 새로 채웠다.

　내일은 한식寒食이다.

009 – [덤 둘]


삼나무 눈이 나온다.

삼각뿔 모양

삼나무 가지, 가지에

삼천 삼천 삼천의 눈이 나온다.

눈마다 눈마다 온 힘을 다해

저를 키우고 있다.


아이들 함성이 운동장에 가득하다.

(「근원(根源)」 전부)

## 010 – 하늘 두레박

오늘은 부처님 오신 날


언덕 너머 부처님 집

통도사 큰절

사리 밀물 들 듯

구름처럼 송홧가루 피어오르리.


오늘은 막재


산속 솔숲 작은 집

잔디밭도 신록도 송홧가루 내려앉아

천지가 노랗다.

노랗게 적요寂寥하다.

한쪽이 봉鳳 잡았으면 다른 쪽은 똥[便] 밟은 거다. 혼인도 결국 거래다.

평범한 회사원이 재벌 딸과 결혼했다고 하자. 교환가치로 보면 회사원은 봉 잡았고 재벌 딸은 똥 밟은 거다. 존재가치로 보면 이 정보만으로는 누가 봉이고 누가 똥인지 알 수 없다. 신데렐라도, 잠자는 숲속의 공주도 결혼으로 끝이다. 그들은 행복하게 잘 살았다고 책에 쓰여 있다.

그런데, 나무꾼과 결혼한 선녀는 마침내 나무꾼은 두고 두 아들 양 옆구리에 끼고 하늘나라로 올라갔다.

하늘 두레박을 나는 어디서 찾을 수 있을까.

010 - [ 뎜 둘 ]

너는

내 속에 있어

더

그리운 사람

(「나뭇잎 편지」 전부)

# 011 - 구름 속에서

아침 햇살 속에 산안개가
자욱하니 올라오면서 구름 속이다.
소나무 숲도 젖어 둥치들이 거뭇하다.
선녀가 좋아하던 풍경이다.

자정 넘어 자리에 들었다가 새벽 세 시에 깨어
날이 새도록 직역하던 금강경을 두고
항상恒常에 든 선녀가 볼까마는
선녀 그림자를 안고
거실 밖 산안개 속 일렁이는 검은 솔숲,
굴참나무, 상수리나무 연둣빛 신록
싱그럽게 설레는 속에 섰다.

커피 두 잔을 내려
나는 마시고 선녀는 환하게 웃기만 한다.

이재를 지냈다. 초재 앞두고부터 조계종 금강경 한글판을 직역으로 첨삭했다. 원본을 선녀 사진과 나란히 두고 한 번 낭독했다. 그리고 내가 오늘 하루 첨삭한 부분을 낭독하며 풀이가 필요한 부분을 풀어 이야기했다. 재 끝나기 전까지 내가 이해한 바를 훌쩍 넘어 더 깊은 이해와 깨달음 얻기를 빌었다. 재 끝난 후에는 이승에 대한 모든 기억 다 훌훌 벗고 더 밝고 아름다운 새 세상으로 훌쩍 떠나라고, 음택도 양택도 다 벗고 떠나라고 했다.

먹먹할 때는 그냥 좀 쉬어 가며 읽었다.

징험이었을까. 내 무의식 속 소망이 꿈으로 찾아왔다. 선녀와 다른 한 여인이 강가에 서 있었다. 넓어서인지 안개 때문인지 건너편이 보이지 않았다. 강에 눈이 내려 녹으며 또 허옇게 덮이는 부분이 넓어지고 있었다. 사람들이 건너지 못하고 그 앞에서 우왕좌왕했다. 셋이서 조금 더 걸어 상류로 갔다. 건널 만한 곳이 보였다. 내가 앞장서고 선녀와 다른 여인이 뒤따라 좀 위험한 고비를 넘기며 징검다리 놓인 강을 건넜다.

강 건너편에는 두 갈래 길이 있었다. 왼편 길은 산속으로 가는 길이고 오른편 길은 강물을 따라 내려가다 바다로 닿는 길이다. 망설이다가 오른편 길로 들어섰다. 왼편은 어둠으로 이어지고 오른편은 밝은 빛으로 이어져 있었다. 곧 꿈에서 깨었다.

징험이라기보다 내 간절한 소망이 꿈으로 나타났을 것이다.

011 - [넘둘]


귀여운 강아지 한 마리 입양하여 겨울 건너고 나니

매화는 지고 진달래 산천입니다.

산개구리 울음소리에 놀란 금붕어 네 마리

뚝뚝 부러진 홍련 잎자루 사이로

한 계절

먹이도 주지 않았는데

봄볕 쬐러 올라왔습니다.

강아지는 겨울 건너며 개가 되어

컹컹 산골 올리는데

(「어느 먼 옛날」 부분)

## 012 - 달팽이, 집을 지고 길을 가다

선녀가 온천에서 퇴근하며 전화로,
전원 마을 마님한테서 상추 얻었어. 빡빡장 끓여 놔.

된장, 달래, 해물감치미로 끓인 빡빡장에
귀리 넣은 밥을 비벼 상추쌈을 쌌다.
'나는 자연인이다'에서도
상추쌈을 맛나게 먹고 있었다.

한 서너 해 빨리 흘러 당신 퇴직하면 우리도 저런 깊은
곳에 들어가서 살자. 이 산속도 너무 번잡해. 빚 다 갚았
을 테고, 시집 장가는 저들 일이니 알아서 가겠지.

집 한 채, 은행 대출 다 갚으면 정년이다.

빡빡장 - 강된장의 방언.

선녀가 입맛을 잃었을 때, 대파 뿌리를 달인 물에 된
장, 다진 달래, 해물감치미를 넣고 빡빡하게 끓여 흰쌀밥
에 비비면 입맛을 찾고는 했다. 입맛이 있을 때는 더 여러
가지를 넣었다.

강이란 강은 모든 죽은 것

바다로 흘려 내려도

바닷물이 썩지 않는 것은

소금 때문만은 아니다.

쉼 없이 흔들리는 물은 죽지 않아

모든 것 다 받아서

더 넉넉한 품

모든 것 다 받아서

모든 것 다 키워내

그 키워내는 흔들림으로 죽지 않는다.

「바닷가에서」 부분)

며칠째 비 오시는 오월 휴일이다.

청류동 찻집에 대추차와 오미자차 원액이 떨어졌다며 본절 산중다원에 가서 이야기하고 받아 달란다. 그 덕에 따뜻한 대추차 한 잔 두고 창밖 비 떨어지는 청류동 계곡 보고 있노라니, 스님이라면 달가워 않던 선녀가 살갑게 스님을 맞는다. 선녀가 우전차 내리는 스님에게 다과를 내와서 마주 앉아 도란도란 분위기가 좋다.

당신, 궁금해하지 말고 이리 와서 내 좋아하는 스님께 인사해.

선녀가 콕 집어,

'내 좋아하는' 스님이라 일러 말했다.

조금 마른 체형에 꼿꼿한 자세, 주름 없는 맑은 피부.

푸른빛 감도는 눈빛이 맑았다.

환갑 전후로 보였다.

일흔 넘으셔.

새로 내온 잔에 맹물 같은 우전차 두고

나는 싱겁게 웃고,

스님은 눈에 잠시 푸른빛을 담고,

서로 건너보다가, 비 내리는 청류동 보다가,

선녀가 두어 번

찻잎 더하고 찻물 끓여 오고

두런두런,

셋이서 물속처럼 깊어지는 청류동 찻집을 지켰다.


어느 먼

옛날에도 이렇게 셋이서 두런거렸다.

**013** – [팁 하나]


작은놈 앞니 뽑고는 그 뽑힌 자리가 아름다워 보자고,
보자고 했는데 이제 아내 사랑니 뽑은 자리는 잘 볼 수가
없습니다. 작은놈 앞니 뽑은 자리엔 이제 움처럼 고운 간
니가 뾰족하니 하얗게 돋아나는데 아내 사랑니 뽑은 자
리엔 이제 어떤 사랑이 차올라 아름다움으로 다시 채워
질까요.

「이빨 뽑기」 부분)

013 - [덤 둘]

밤바다가 어깨 들썩이며 울고 있었습니다.

왜 울었어?

봄이잖아요.

처녀 아이 얼굴엔 이미
참돔 서너 마리 철퍼덕대고 있습니다.

(「'ㅍ' 소리로 만나는 봄」 부분)

## 014 - 무심無心

아이고, 저 늠의 화상.

사네.

못사네.

맨날 투덕이더니

형부 먼저 보낸 친구 언니 이야기하며

선녀가 날 안쓰럽게 건너봤다.


내 엉덩이를 뻥뻥 걷어차고 싶다.

한 해의 끝이다. 이쁜 짓 해서 이쁜 녀석들, 이쁜 짓 하지 않아도 이쁜 녀석들, 참 많이 애먹인 녀석들도 많았다. 이제 곧 한 학년 진급한다.

새 학년 맡으면 누구든 이제 이런 말은 하지 않았으면 좋겠다. 진작 잘라버렸어야 하는 녀석들을 저 욕 먹지 않으려고 올려보내 내 손으로 자르게 한다는 불평은 정말 하지 않았으면 좋겠다.

얼마나 잘났을까? 나무로 치면 이리저리 기웃기웃 살피느라 뒤틀린 모습이 기괴할 것이다. 생각 없이 찢어 버린 가지, 우악스런 바람에 찢겨 나간 가지. 상처 입은 곳마다 옹이 진 곳들은 또 얼마나 많을까.

이렇게 굽고 뒤틀렸다고 내가 나를 버릴까.

굽은 것은 굽은 것으로, 뒤틀린 것은 뒤틀린 것으로 안고 사랑하며 살아가야 한다.

「굽은 솔」 부분

014 - [팀 둘]


오월 맞으러 불어오는 바람 소리,

초록초록한

산등성이마다

나무들이 서로 사랑하여 부르는

소리.

메아리로 부르는 소리.


홀로 듣는

산이 연주하는 生生의 파도 소리.

(「무음(無音)」 전부)

# 2

## 울어 보리라

큰절 새벽 쇠북소리는 영축산 산천을 휘감아

골과 골을 울리며 몸을 훑고

숲과 마당 잔디밭을

뛰어다닌다.

산천이 우는 소리다.

「울어 보리라」 부분)

## 015 – 한 생生을 묶어 내다

열 달도 세월이라고
선녀의 흔적, 그림자
집에서 들어낸다.

이건 참 많이 입던 것인데,
한참을 멈춘다.

첫 알바를 해서 산 옷이라며
사십 년을 두고
해마다 몇 번씩은 입던 옷,
집 안에서라도 입던 옷,
낡은 그 옷.

50L 종량제 봉투 스물여섯으로
하루를, 한 생을 묶어 낸다.

015 – [덤 하나]

# 1

동짓달 긴긴밤이다. 자정 넘어 입이 심심하다. 과자 봉지 하나 헐어 그릇에 나눠 담았다. 그릇 하나 당겨 이것만 먹자. 돌아보니 그릇이 모두 다 비었다.

이제 선녀는 환하게 웃을 뿐이다.

# 2

초등 저학년 때였다. 눈이 내린 날 밭에서 갓 캐어 온 당근. 달큰한 맛. 향이 싱그러웠다. 살면서 잊을 수 없는 향이다. 다시 그 향을 먹을 수는 없다. 그래도 그 기억 덕분에 당근을 좋아한다.

015 - [덤 둘]


나는 꽃밭을 날아가는 나비일까, '나비꿈'에서 깨어난 장자일까. 장자는 나비를 기억하지만, 나비는 장자를 기억하지 못한다.


나는 꿈속의 나비를 기억하지 못한다.

(「나비의 기억」 전부)

간밤, 북극 하늘 한 자락 떨어져 나와

키 큰 소나무 무리 새카맣게

속 태우며 휩쓸려 흔들렸다.

잔가지, 굵은 가지 여럿 내려놓았다.


하늘은 티끌 다 쓸어 가

돌팔매질에

'쨍그랑' 깨질 듯


아침 햇살 순금으로 탄다.

친구가 묻는다.

산속에 세 들면 세 든 값은 뭘로 치르시나?


세를 낼 때 사람들이 좋아하는 돈으로 치르듯이, 산에
치르는 세도 산이 좋아하는 것으로 해야겠지.

산이 받고 싶어 하는 건 뭘까?

자연을 훼손하지 않고 가능하면 복원하는 것 아닐까.


이 세상은 내게 뭘 원할까.

창가의 백목련

시원스레 울지도 못하고

몇 날 며칠 울먹이더니

가지 끝마다

주먹만 한 눈물방울 매달았구나.


참 잠깐이지.


가지 끝에서

눈물 한 방울 굴러떨어진다.

(「봄소식[春信]」 전부)

017 – **멀미**


배흘림기둥에 등을 대니

발아래

첩첩疊疊, 산이 흘러

마침내, 탁 트인 동해 푸른 물결로

와락 달려든다.


산과 산은

물길이다. 파도다.

물 흘러가며 남긴 한 장의 사진이다.


천 년, 천 년, 천 년,

수수 천 년

삶이 흘러간 한 장의 기억이다.


어느 먼 천 년 전에도

이 기둥에 등 대어

나와 겹쳐 있는 나

산은 물이 남기는 하나의 기록이다.

017 - [팀 하나]

## 1

부석사는 신라 문무왕 16년(676)에 의상대사가 화엄의 큰 가르침을 펴던 곳이다.

## 2

한 사람만 남아야 한다면 당신이 남아야 해. 당신이 없으면 우리 집은 없어.

그래도, 당신이 먼저 가서 날 맞아 주면 좋을 텐데. 당신 있는 곳으로 건너간다고 생각하면 하나도 안 무서울 텐데.

모순矛盾이네.

017 - [딤 둘]

유리창에 햇살이 석삼년 비치기로

마룻바닥이 타겠는가.


얼음 렌즈라도 초점 잘 맞추면

한순간에 연기와 함께 불이 난다.


네 눈빛 한 번에

새카맣게 탄 마음속 자국

어떻게 지워 낼 수 있으랴.

(「관심 2」 전부)

## 018 - 물어보다

여기에 와서

더

맑고

깊고

넓어졌는지


하늘로 흘러가는 강물이 묻는다.


여기에 와서

햇살

바람

새소리와

더 많이 어울렸는지


하늘로 머리 묻은 나무가 묻는다.


하늘을 이고 사는

사람과는

얼마나

더 잘 섞이었는지.

018 ― [덤 하나]


問余何意棲碧山

(내가) 나에게 묻는다. 왜 벽산에서 사냐고

笑而不答心自閑

웃으며 대답 아니하니 마음 절로 한가롭다.

桃花流水窅然去

복사꽃 흐르는 물 아득히 나아가니

別有天地非人間

하늘 땅이 다른, 인간 세상이 아니다.

― 이백(李白), 「산중문답(山中問答)」

018  -  [덤 둘]

발 딛고 선
이곳이
어디든 삶의 터전

시간의
가장 이른 때

세상엔
환하게 피어나는
가득한 미소

(「밝은 터」 전부)

## 019 - 울어 보리라

기이한 울림이 산천을 휘감을 때가 있다. 귀로 들리는 소리가 아니라 온몸을 가로지르고 마음으로 듣는 산천이 우는 울음이다.

처마 끝 풍경 소리는 귀로 들어온다.

쇠북소리도 귀로 들어오지만, 큰절 새벽 쇠북소리는 영축산 산천을 휘감아 골과 골을 울리며 몸을 훑고 숲과 마당 잔디밭을 뛰어다닌다. 산천이 우는 소리다.

마음 고요하면 허공 울음소리 나를 울리고 천지사방팔 방 아니 밝히리.

　손등을 많이 다쳤다. 수술실에서,

　국어 샘이신가요? 네, 정년퇴직했으니 옛날 일입니다. 우리 간호사 규 샘이 국어 시간에 졸다가 샘한테 손바닥 많이 맞았지만 수술 잘 부탁드린다고 몇 번이나 말하더군요.

　매는 별로 들지 않았는데, 규 샘이 학교 다닐 때 순했던 기억입니다. 맞은 사람은 못 잊죠. 요즘은 체벌 없죠? 네.

　규 샘이 몇 번이나 치료 잘 부탁한다니 더 잘할게요. 고맙습니다. 제 고등학교 때 선생님도 저쪽에 입원해 있는데 그때는 그리 커 보이고 무서웠는데 지금은 쪼그라져 볼품없이 되어 있더군요. 늙으면 줄어지고, 지위가 달라지면 대상에 대한 느낌도 달라지죠.


　다음 날, 속으로 곪아 봉합했던 것 모두 풀고 치료를 완전히 새로 시작했다.

　어디서 어떤 모습으로든 만날 수 있다.

『「수술실에서」 전부』

019 - [덥둗]


우수雨水 지나 경칩驚蟄이 낼, 모레

간밤 비 온 듯

보랏빛 산이 문득 가깝다.

뿌연 그림자로

평면처럼 보이던 거기 선 나무들

점자처럼 오돌오돌 돋아 환하게 웃네.


속으로부터 살아나 웃어 오는

삶, 여기 있네.

(「맑은 첫 새벽」 전부)

## 020 - 미타암 스님

밥은 잘 자시나요?

네 스님, 잘 챙겨 먹고 있습니다.


용맹정진해 보리라 토굴에 들어가면서 청소하고, 나무 한 짐. 늦은 아침 공양하고 난 뒤 수행하는 나날 며칠이면 나무는 넉넉해.

며칠 수행했다고 세상이 번쩍 열리겠나. 꾀가 나는 거야. 바깥하고 끊은 토굴에 뒹굴뒹굴 한 철 금방이던데.

스님이 장난기 가득한, 맑고 깨끗한 눈빛으로 건너본다. 거실이 환하게 들여다보였던 모양이다.


우린 차를 자꾸 내 앞으로 밀어 놓는다.

**020** – [팁 하나]

돌아보면 참 잠깐이다. 내 발로 걷는 삶이 얼마나 될
까. 말로는 한 철 금방이라면서도 나는 마치 천년만년 살
것처럼 마냥 뒹굴거린다.

020 - [덤 둘]

수수수
솔잎 사이
내리는 빗방울

투닥 투닥
우산 위에서
말
걸어오네.

그 소리
숲 가득 채우고
내 몸
드나드네.

(「솔 그늘 깊어 바람 서늘하네」 전부)

## 021 - 화장

지난 가을 깨끗이 태워 버리고

온 겨울

뜨거운 사랑만

품어 왔기에

천태산 천 년 묵은 은행나무도

가지 끝마다

연둣빛

새살로 깨어나고

노쇠한

아까시나무 고목 등걸에도

저리 향그런 육신 불타고 있나니.


마침내

한 줌 회색 가루마저 다 날아가리니.

퇴직 전 수업 한 장면

복도 저쪽부터 슬리퍼 딸딸딸딸 요란스레 끌며 오다가 교실 뒷문을 '드르륵' 연다. 녀석을 교탁 앞으로 불렀다.

"지각한 거요." "또?" "없는데요." "있어." "없어요."

"슬리퍼 끌지 말랬지. 문 여닫을 때 소리."

"슬리퍼는 우리말로 '끌신'이잖아요. 끌며 신는 거고. 문은 학교 잘못이죠. 여닫을 때 소리 안 나게 만들어야죠."

우리말 순화를 잘해야 할 일이다. 학교도 반성해야 한다.

들 너머 낮은 구릉엔 신록이 녹음으로 넘어가고 있다.

고속도로를 따라 펼쳐진 들판 멀리 개미만 한 사람들
이 하늘을 하늘로부터 내려오게 했나 보다. 환하게 빛나
는 구름도 덩달아 내려와 있다. 스스로 몸을 낮춰 낮은 곳
으로 내려온 하늘과 구름, 사람들이 허리를 굽혀 구멍을
낸다. 모를 심는다.

하늘이 저렇게 몸을 낮춰 주지 않는다면 어느 농부가
여름을 심으랴, 가실을 하랴.

「유월」 전부)

## 022 ‐ 나팔꽃

나팔꽃은
밤이면 별빛 가슴에 품어
아침에 핀다.

밤에 잠이 오지 않거든, 걱정 때문에 앉아 있기도 어
렵거든, 나팔꽃의 속삭임에 귀 기울여 봐. 러시아 동화에
나오는 이반이나, 옛이야기 속 콩쥐가 걱정할 때 별님의
속삭임. 자고 나면 괜찮아. 그래, 자고 나면 일은 깨끗이
풀려 있었지. 자는 동안 별님 가슴에 들어와 꼬인 끈 풀어
주었지.

온 하루
빨래처럼 쥐어짜인 나팔꽃도
아침이면
기상나팔 소리로 피어난다.

집으로 가는 길이다. 매일 다니는 익숙한 길이다. 엄민아가 걸음을 멈칫거렸다. 한 굽이 더 돌아들었다. 골목끝 막집 앞에 희미한 가로등이 밝혀져 있다. 막집 대문 위 슬래브에는 화분이 몇 개 놓여 있다. 그 좁다란 슬래브가 만든 그늘 밑에 희끄무레한 뭉치가 보였다. 발걸음이 훨씬 가벼워졌다.

"할매! 마중 나오지 말라니깐." 민아의 밝아진 목소리가 골목의 어둠을 살짝 걷어 냈다.

"말만 한 가스나가 일케 지픈 밤에 오는데, 우째 집에 가마이 앉아 있노."

할매가 일어났다. 한 시간은 족히 기다렸을 것이다. 허리를 두드려 펴며 열어 둔 쪽문 안으로 들어갔다. 민아가 뒤따라 들어가며 녹슨 쪽문을 닫았다. 쇠 긁는 소리가 귀를 찔렀다. 매번 신경에 거슬렸다.

마당에서 슬래브 옥상으로 이어진 좁은 계단이 높고 가팔랐다. 서너 개도 오르지 않아 할매 허리가 다시 90도로 굽어졌다. 계단이 좁아서 같이 올라가며 부축할 수가 없었다. 민아가 밑에서 할매 엉덩이를 떠밀어 올렸다.

"봐라. 할매! 말로 마중 나오노?"

"이 가스나야. 엉디에 손 띠라. 할매 코띠 처박히겠다."

(장편소설 『황산강』에서)

022 - [덤 둘]

석류꽃 몇 송이

유월에

와서, 수줍게 웃네.


나도

따라 웃어 보네.


하늘도 붉게 물들어

환하게 타네.

(「그 애 생각」 전부)

## 023 - 동안거

겨울 안거에 든 청류동 숲길에 소나무, 상수리나무는 묵은 생각들 빗금으로 내려놓았습니다. 큰키나무 아래 작은키나무는 바람에 쓸려 가는 낡은 금빛 가랑잎, 솔잎, 화두로 잡아 둡니다. 묵은 생각들 썩어 검은 흙이 되었습니다.

이윽고 청류동 물에 만월이 몸을 풉니다.

진달래 손톱 끝이
반짝
붉게 물들었습니다.

날 소유하려는 사람과 살면 지옥이다. 나를 사랑하는 사람과 살면 편안하다. 내가 사랑하는 사람과 살면 힘들지라도 행복할 수 있다. 어떤 삶을 선택할까?

서로 사랑하는 사람과 살래요.

민아가 욕심이 많구나. 욕심부리는 것도, 때론 좋은 일이다. 만약 선택지가 위 세 개뿐이라면 어떤 게 좋겠니?

그래도 서로 사랑하는 사람과 살 겁니다. 아! 쌤! 뭐라 하지 마요! 어쩔 수 없다면 내가 사랑하는 사람과 살아야죠. 힘든 게 뭔 문젤까요. 참 그런데 쌤. 지옥은 있다 하면서 천국에 대한 예는 왜 없어요? 서로 사랑하는 사람끼리 살면 천국 아닌가요?

(장편소설 『황산강』에서)

넘실넘실 넘어가는 푸른 달빛 속으로

황금빛

잉어 한 마리 헤엄쳐 달을 향한다.

(「꽃치자 향내」 전부)

산이란 산은

짙은 빛깔

깊은 그늘, 초록을 다 태우더니,


불구덩이


한 줌 새하얀 뼈로 섰구나.


뼛가루 한 줌이구나.

중3 때. 그날도 짐승이 술 먹고 온 다음 날이다. 엄마가 남동생만 데리고 도망친 다음에 한 번 왔었던 고모 집을 찾아갔다. 6년 만인가 그랬다.

세 들어 사는 나지막한 슬레이트 아래채. 부엌으로 들어가면 방이 하나. 똑같은 구조가 예닐곱. 연달아 마당을 둘러 있다. 아기도 없이 이혼한 고모는 식당 주방 보조인데 쉬는 날이라고 했다.

"평일인데 학교 안 갔나?" 머리칼을 걷어 올리고 마스크를 벗자,

"그 짐승이 마누라도 아니고 딸한테까지 이랬나?" 말은 그리해도 놀라는 것 같지는 않았다.

"그 짐승도 짐승이지만 딸은 두고 아들만 챙겨 도망친 엄마란 년은 뭔데요? 지금껏 연락이 안 돼요."

"내가 그 이야기 안 했나? 너 친엄마는 너 돌 무렵에 도망갔다. 니가 내 손에 한 1년 있다가 새엄마한테 갔는데 몰랐었구나!"

(장편소설 『황산강』에서)

달빛은 구름 뒤에서도 밝아 달무리 짓고

햇빛은 큰 나무 그늘에도

키 작은 나무를 키운다.


구절초꽃 샛길로 찾아왔어도

속에 환한 달님 담고 있어

가을 하늘을 맑게 밀어 올린다.

(「구절초꽃」 부분)

## 025 - 만나다


이 세상에 와서 만난 사람은 나다.


나는 엄마와 아버지를

엄마의 엄마와 아버지를

아버지의 엄마와 아버지를

형제자매를

이웃을 만났다.


한 줄기 바람도 피었다 지는 한 송이 꽃도

일어났다 스러지는 구름도

돌도 나무도 별도 하늘도 만났다.


만난 적 있는 사람을

만난 적 없는 사람을 만났다.


나는 나와 만나서 나다.

관심觀心

– 마음의 본성을 바르게 살핌

관심關心

– 마음이 어떤 것에 끌려 주의를 기울임

觀 – 자세히 보다. 드러내다. 명시하다.

관심觀心 → 마음을 자세히 보아 드러내다.

관關 – 빗장. 닫다. 잠그다.

관심關心 → (대상 외의 것에 대해서) 마음의 빗장을 걸어 잠그다.

## 025 – [덤 둘]

사흘 낮 사흘 밤 봄비 젖어 내리더니

고샅길 따라 휘어진 무논에

파스텔 톤 푸른 하늘이 깔렸다.

솜방망이꽃 까치발하고 넘겨보는 저기

무슨 꿍꿍이가 있어 저리 환할까?


벼 그루터기 드러나 있는

무논 얕은 물 속에 서너 개 움푹 파인

황소 발자국 안

햇살 조밀조밀 아물아물 몰려 빛난다.

(중략)

저놈 애빌까? 주먹만 한 두꺼비 한 마리

무심한 척 큰 눈 껌벅이며 지키고 앉아 있다.


괜찮다. 맨날 지게 지던 어깨라

그냥 걸으면 허전하구나.

신작로까지 오 리 길 한사코 당신이 지고 와서

버스 뒤쪽 뿌연 먼지 속에

한 모롱이 돌아설 때까지 서 있던 아버지.

(「고향의 봄」 부분)

들판엔 풀어놓은 천千 마리, 만萬 마리의 황금빛 도마뱀
이 네 발과 몸통, 꼬리까지 흔들며 천 이랑, 만 이랑, 이
랑이랑 내달리고, 영축산 산정山頂엔 새파랗게 빛나는 뱀
한 마리 하늘 가르며 길을 낸다.


내 깊은 속에는

천 년 젖지 않는 달빛 스며들어

깊어진 샘물

천 년 푸름 잃지 않는 그리움으로

그대에게만 열어 줄 샘이 깊은 물이 있나니.


이 가을 아침에

내 깊은 속으로 무릎 꿇어 허리 구부려

표주박 배로 휘휘 저어

시린 샘물 한 바가지 길어 올려

하늘길 내는

푸른 뱀 한 마리 그 속에 풀어놓는다.

## 1

해인海印 - 바다가 만상을 비춤과 같이, 일체를 깨달아
아는 부처의 지혜. 무명의 바람이 사라지고 바다의 모든
일렁임도 사라진다. 적멸寂滅이다.

## 2

가을은 높은 하늘과 황금빛 들판으로부터 온다. 그 뒤
를 이어서 산정으로부터 단풍이 내려온다. 영축산 산정에
새파란 가을 하늘이 열렸다. 황금빛 들판에 바람이 불어
간다.

026 - [넵 둘]


여름 깊은 그늘이 삭아

가을 산을 깨운다.


고통이 오래 묵어

사리를 만들고


너는

내 속 깊이 사랑으로 녹아

잎눈으로 자란다.

(「애인」 전부)

# 027 - 대책 없이 착한 마음[善意]

여고에 총각 음악 선생님이 한 분 있었다.

깔끔하고 세련된 테너.

담임 맡은 여학생 한 명이

교문 앞에 살았다.

지각과 결석이 잦았다.

반장과 부반장을 교대로 대동해서

집으로 가서 깨워 왔다.


어느 날 덜컥 파출소로 잡혀갔다.

태종대 바위에 벗어 둔 신발 안에

"담임 쌤이 괴롭혀요."


학교가 괴로운 애를

그렇게 깨워 등교시켰으니.


소통되지 않는 커다란 선의는

악의보다 못할 수도 있다.

커다란 선의는

뜻이 분명해서 비난할 수도 없다.

## 1

학생들과 동료 교사들 증언으로

해명은 되었지만

음악 선생님은 스스로 학교를 그만두었다.

## 2

선녀가 큰절 매표소에서

하루에도 수많은 사람과 말을 주고받는데

터무니없는 말과 표정으로

힘들게 하는 사람들이 있다고 한다.

그럴 때면,

금덩이를 하나 건네는데 내가 받지 않으면

그 금덩이는 건네려 한 사람 것이듯

누가 내게 욕을 하는데 내가 받지 않으면

그 욕은 한 사람 것이라는

부처님 말씀을 새긴다고 한다.


나쁜 사람 하나에 좋은 사람은 열이 넘으니

세상은 참으로 살 만하다고 웃는다.

욕탕 안에서 아르키메데스를 덜어 내면

그 빈자리를 물이 채운다.

그만큼

욕탕 수위가 내려간다.


나는 공간을 차지하고 있다.

내가 차지하고 있는 공간에서

나를 비워 내고

다시 채우지 않으면

그 공간은

텅 빈 충만으로 환하다.

(「덜어내다」 전부)

# 028 – 대가리

싹을 내어 보리라.

내가 만든 어쭙잖은 대접에 무와 당근 대가리 잘라서 담아두었다. 한 보름 남짓 물을 더해 주었더니 싹이 텄다.

무와 당근은 싹을 낸 희망의 끝을 알고 있을까?

무와 당근 싹은 내가 보기 좋아할 때까지가 유통기한이다.


나는?

## 1

사람 목 위에 달린 것만 머리다. 소 대가리, 꽁치 대가리, 북어 대가리, 멸치 대가리, 콩나물 대가리.

그렇다고,

사람 목 위에 달렸으면 다 머리일까?

## 2

낙숫물 소리가 투닥, 투닥, 투닥 귓전에 닿았다. 아침 운동 준비해서 나서는데 데크 위에 자잘한 동그라미가 가득했다. 마당 끝 돌계단이 반짝반짝 미끄럽다. 응달길 얼었겠구나! 산길 살얼음 도로가 떠올랐다. 돌아섰다.

온열 매트로 따뜻한 침대에 들어 푹 잤다.

행복은 얼마간의 불편을 지나며 온다. 수고로움을 다 덜어내면 행복도 묽어진다. 바쁜 다음이라야 휴식의 즐거움이 있다.

028 - [덥둘]


한 숨결 푹 자고 나면

그대

새순으로

봄날은 또 싱그러우리

(「동지(冬至)」 전부)

## 3

## 모래무지의 명령이다

난 왜 안 되는데? 아빠!

넌 모래무지 잡은 적도 없잖아.

우리 모래무지 잡으러 가자!

## 029 - 그늘 깊은 솔숲길

봄비 짙은 안개로 젖어 오시는 날

장우산 쓰고

바람 살랑이는 그늘 깊은 소나무

숲길로

슬며시 몸을 밀어 넣는다.


가느다란 바람 따라

수수수

젖빛 습기가

솔잎 사이로 스민다.

소나무 아래 작은키나무들도

짙은 습기에 젖는다.


안개는 솔잎에 스며들어

마침내

빗방울로 커지다가

펼친 우산 위로 뛰어 내려오는

투닥

투닥

봄비 소리가 된다.


그 소리

내 몸 드나들며

숲

가득 채운다.


내 몸 깨우고,

산천을 깊은 잠에서 깨운다.

무풍한송舞風寒松 ― 바람 살랑이는 그늘 깊은 솔숲

― 통도 팔경 중 제1경

舞(춤추다 무), 風(바람 풍), 寒(차다 한), 松(소나무 송)

통도사通度寺 ― 통도사라는 이름을 처음 들었을 때 도통하는 절[通道寺]을 떠올렸다. 그런데 실제는 통도사通度寺였다. 이 이름에는 큰 깨달음에 이르지 못하더라도, 극락왕생이 가능하다는 의미가 들어 있다.

반야용선도般若龍船圖 ― 통도사 극락보전 북측 외벽에 '반야용선도'가 있다. 보살이 반야용선 앞뒤에 서서 기러기 깃털도 가라앉는다는 약수와 지옥의 겁화를 건너 극락의 연지로 중생들을 인도한다. 통도사通度寺의 뜻을 간결하게 형상화한 그림이다.

**029** - [덤 둘]


아침 햇살 내리는 무풍한송 속으로

사람들 물소리로 흘러간다.


소한 대한 사이

얼음장 밑으로 흐르는

청류동 물소리가

이제는

늙어 가는 아내처럼 편안하다.

(「청류동 靑流洞」 전부)

## 030 - 곰탕

밤새 우린 사골 식혀 쇠기름 걷어 내니
뽀얀 곰이 가득하다.


자취하며 학교 다닐 때 고기 먹고 싶으면
껍질 있는 쇠기름, 돼지비계
두꺼운 냄비에 넣어
석유곤로 중약불로 볶았다.
기름 녹아 나오고 껍질이 노릿노릿, 쫄깃쫄깃
채 썬 감자 넣고 볶아 먹었다.


껍질만 골라 두었다가
곰이 없는 수구레국밥도 끓였다.
콜레스테롤 보충으로 힘을 내었던
호랭이 담배 피던 시절이었다.


아이들 남긴 곰탕 고기 건더기
내 앞으로 당기는데,

당신 배 속이 쓰레기통은 아니잖아.

뱃살 생각해.

030 - [팀 하나]

## 1

밥알 남겨 하수구로 나가면 죽어 아귀지옥에 든다.

다 옛말이다.

## 2

선녀랑 가까운 스님 한 분이 불러, 산중에서 20킬로그램짜리 사골을 얻어 왔다.

나 없을 때 신도 한 분이 열두 뭉치를 가져와 정재淨齋에 부려 놓고 갔어. 암자에서 이걸 고을 수는 없잖아.

칠순 넘긴 스님 해맑은 웃음에 티끌이 없었다.

030 – [넵 둘]


배꽃 가지 하나 늘어져 떨어진 호수


달은

소리 없이

미끄러져 빠졌구나.


두어라, 향기로 익고 나면

만 집 우물 향내 나리.

(「달밤」 전부)

## 031 - 그랬다

댓돌에

아버지 흰 고무신이

가지런히

놓여 있으면

밟지 않으려고 조심했다.

감춰도 소용없어. 이 냄새. 흠, 엄마 향수 냄새네. 새로 빤 체육복에 웬 향수?

비누 냄새가 남았잖아.

같이 빤 내 체육복엔 안 나는데? 너 누구 좋아하지?

좋아하긴 누굴 좋아해.

고백해. 그럼 이 누나가 도와줄게.

그런 것 없어.

작은놈이 벌겋게 단 얼굴로 시침을 뗀다.


그 아이가 눈에 들어왔던 것이 중학교 2학년 때였다. 키가 컸던 나는 맨 뒷줄에 앉았고 그 아이는 중간쯤 앉았다. 뒤돌아보다가 눈이 마주치면 뽀얗게 맑기만 했던 볼이 붉어지고 쌍꺼풀진 눈이 동그랗게 휘어졌다.

『관광버스 궁둥이와 저는 나귀』에서

031 - [덤 둘]


선친 제사 끝나고 제삿밥 먹고 새로 두 점을 칠 때 내일 출근해야 한다며 차에 오르는 셋째, 자고 새벽에라도 가라는데 내일 수업 때문에 안 된다며 일어서는 것 잡지 못해 팔순 넘기면서부터 기력이 쇠해 거동 불편한 어머니 주춤주춤 차 앞까지 걸어와 간신히 걸어와 당신보다 벌써 더 자란 손자, 손녀 손에 쌈짓돈 용돈이라며 쥐여 주는 이제 다 늙은 손의 떨림이다.

(「시, 낯섦, 떨림」 부분)

## 032 - 봄날

이렇게 환하게 빛나는 날이면

깊은 산골에서 자란 나는

생선은 잘 몰라

새순 초장에 찍어 회라고 했다.


가죽나무 새순, 엄나무 새순, 두릅 새순,

옻나무 새순

횟거리가 풍성하다.


억지로 새기지도, 지우지도 않으며

건너가는

이 빛나는 지상의 봄이,

고요한 풍성함이 자꾸만 미안하다.

엄마가 설거짓거리를 부엌 앞 우물가로 갖고 나가서 어두운 데서 짚수세미로 빈 그릇 몇 개를 씻었다. 그 씻은 물은 마당귀 거름자리에 가져다 부었다. 수채에 밥알 한 톨이라도 흘러 나가면 죽어서 아귀가 된다고 했다. 작은 방엔 아예 호롱도 없었다.

깜박 잠들었다 깨었다. 고등학교 2학년 고정식 꿈이 떠올랐다. 방 안 어둠에 눈이 익었다. 오줌 누러 밖으로 나왔다. 하늘에 별이 엄청 많았다. 하늘을 가로질러 희끄무레한 구름 같은 것이 강처럼 걸쳐 있었다. 저게 은하수이거니 했다.

안골 쪽에서 아이 우는 소리가 들렸다. 정말 종미가 잠결에 칭얼대는 소리 같았다. 야시 소리다. 오싹 소름이 돋았다.

"야시한테 홀리만 삐도 몬 추린다. 우리 새끼 지금 빨리 들온나. 안 칩나." 할매가 방문을 열고서 나를 불렀다.

(장편소설 『황산강』에서)

소보 김 선생이 대문 앞에 서 있는

해바라기 보고 와서 느낌을 말해 보라 한다.


초등 3년 상원이,

꽃잎 속에 생각이 참 많아요.


그렇구나.

해바라기 생각이 자라 해바라기

은행나무 생각이 자라 은행나무

감나무 생각이 자라 감나무

상원이 생각이 자라 상원이

(「해바라기」 부분)

## 033 — 모래무지의 명령이다

유치원생 아들이 옛날이야기를 조른다.

그러면 '모래무지의 명령이다' 또 해죠.

괜찮아. 백 번이라도 해죠.


얼음이 녹고 갈대밭 새순이 묵은 줄기 속에서

고개를 빼꼼 내미는데

게으름뱅이 이반은 재투성이 페치카 위에서 뒹굴뒹굴

엄마가 회초리를 들고서야

참나무 물통 들고 물 길으러 갔대.


개울에서

무지개색 모래무지를 잡았대.

무지개색 커다란 모래무지가

살려 주면 소원을 들어주기로 했대.


모래무지의 명령이다. 시키는 대로 해다오.

참나무 물통은 물을 길어 부엌, 물 함지박을 채워라.

그랬더니 참나무 물통이
물을 길어 이렇게 뒤뚱뒤뚱 깡충깡충
통, 통, 통 풀쩍 뛰어서
물 함지박을 채웠대.

아이 귀찮아.
이반은 재투성이 페치카 위에서 뒹굴거리며
모래무지의 명령이다. 시키는 대로 해다오.
헛간 낫은 갈대밭으로 가서 갈대를 자르고
새끼줄은 갈대가 키대로 모이면 묶어서
헛간 빈자리 가득하도록 채워라.

갈대들이 서로서로 키를 재며 와삭와삭 깡충깡충 뛰느라
갈대밭에 난리가 났대.

재밌어.

새끼줄에 묶인 갈대 묶음이

풀썩풀썩 이리저리 저리이리 뛰어서 헛간 빈자리 가득

채웠대.


공주님이랑 결혼은 안 해?


모래무지의 명령으로

공주님이 이반이랑 결혼하겠다고 울고불고 난리가 났대.


이반을 사랑하는 공주님이

키도 더 크고 더 잘생기고 더 똑똑해졌으면 좋겠다고

했대.

모래무지의 명령이다.

나 이반은 큰 키에 잘생기고 똑똑하고 깨끗해져라.


예쁜 공주님이랑 결혼해서

행복하게 오래오래 잘 살았대.

근데, 난 왜 안 돼.

아빠!

033  -  [덤 하나]

난 왜 안 되는데? 아빠!

넌 모래무지 잡은 적도 없잖아.

우리 모래무지 잡으러 가자!

033 - [팁 둘]


여름 방학. 고운 모래가 깔린 시내에서 맨발로 엉덩이
와 허리를 좌우로 흔들며 물길 따라 내려가다 보면 발바
닥에 간지럼 태우는 촉감이 꼼지락꼼지락 잡힌다. 발바닥
밑 간지럼 태우는 놈을 잡아 올리면 모래무지다.

그런데, 아들이랑 모래무지 잡으러 가서는 모래무지
보지도 못했다. 모래무지랑 거래하지 못했다.


세상에 공짜는 없다.

## 034 - 이 봄에

복사꽃은 피어서 마을에 새벽 놀을 내려놓고

벚꽃은 피어서 터널로

길과 길을 잇는다.


나무도 온 겨울 건너고 보면

기진하지만

복숭아나무 마음 먼저 내어서

몸 추슬러

새벽 놀을 마을 산기슭에 펼쳐 놓는다.

벚나무도

잎보다 먼저

흰 구름 터널을 뚫어 마을에 닿는다.


이제 마음 먼저 내어서,

몸 추슬러

봄과 함께 꽃길 열어 사람에게 닿으리라.

아기가 세상에 나오면 맨 먼저 하는 일이 뭘까?

탯줄 자르죠.

엄마 배 속에서는 목숨줄인 탯줄을 세상에 나오자마자 자르는 거야. 사람이 생존과 직결될 때 밥이나 물보다 소중한 것은 세상에 없어. 그런데 생존 문제가 해결된 뒤에 물질이란 배꼽 같은 거야. 세상에 나와서도 배꼽에만 매달려 있을 수는 없는 일이잖아.

우리가 지구별에 온 까닭이 더 비싼 밥, 옷, 차에, 집에, 명품 걸치려고만 왔을까?

(장편소설 『황산강』에서)

034 - [팀 둘]

농부는 벼만 키우고
무논에는 벼만 자라는 게 아니다.

지나가던
구름 한 자락도 잠시 머물다 가고
꽃잎 사이 바삐 노닐던 바람 한 자락도
맑아지는 물속으로 녹아들고
하늘 푸른 기운이
못자리 논 물속으로 깊이 자리 잡아
벼는 뿌리 내리고 싹이 나서 자란다.

(「못자리 논」 부분)

## 035 · 처음 가는 길

이제, 다른 길이다.


산굽이 하나 돌아들면
날마다 해마다
층층이 한 겹 한 겹 깊어진
가을 물은
지층 하나 더 깊어져
물속엔 가슴 시린 화석도
묻어 버린 기억도
잊지 말자 새겨 둔 비석도
모두 잠겨 있으리.


언제나 길은
처음 가는 길이지만


처음 가는 낯선 듯 낯익은
길가엔

해마다 새순으로 봄날이 또 싱그러우리.

결혼하고 4년. 시골에 아파트를 한 채 마련했다. 융자는 끌어올 수 있는 한껏 끌어다 썼다. 전업주부인 선녀의 꿈은 참 소박했다. 월급 전날 만 원 하나만 있었으면 좋겠다고 노래를 불렀다.

선녀랑 거실에서 빨래를 개고 있었다. 선녀가 환호성을 올렸다. 남방 주머니에선가 천 원짜리가 한 장 나왔다. 오른손 손바닥을 마주쳤다. 혹시나 하며 바지 주머니를 뒤졌다. 구겨지기는 했지만 깨끗하게 세탁된 오천 원짜리가 하나 나왔다. 월급 전날이었다. 두 손바닥을 마주쳤다. 선녀의 함박웃음으로 거실이 환했다.

"통나무집에서 생맥주 한잔 어때?"

아이들은 잘 자고 있었다. 선녀랑 살짝 아파트 밖으로 나왔다. 우산 하나로 아파트 마당을 가로질러 내려갔다.

"안주 안 시켜도 되나요?"

선녀가 가게 문을 열고 얼굴만 들인 채 조심스레 물었다.

(장편소설 「황산강」에서)

035 - [덤 둘]

내 삶의 터에서 캐어 온

잡티 하나 없는 백토 한 짐으로

구워 낸 그릇들이

어느 부잣집 서재에 놓이는

장식품이 될 것을 바라지 않는다.

어느 시골집 저녁 밥상 위에 올라

오순도순 이야기꽃 속에

밥과 국이

한 그릇의 사랑으로 담겨 있는

사그릇 한 벌로 익었으면 한다.

(「서시」 부분)

## 036 - 늦은 오후, 겸상

이제 많이 늙은 아내


검푸른 미역국, 흰 쌀밥

감자햄채볶음, 오이채볶음,

계란장조림, 민어살조림

흰 쌀밥, 검푸른 미역국


후줄근한 나


아내가 반 공기를 들어

내 밥그릇을 고봉으로 올린다.

학교 다닌 지 57년째. 오늘은 학교 가는 마지막 날. 넥타이 매고 정장 안에 향수까지 뿌리고 현관문을 나선다. 오후 출근인 선녀가 눈물을 글썽이며 팔을 벌린다.

"당신, 참, 고마워. 돌이켜 보니 '학교 가기 싫다.'라는 말 단 한 번도 들은 적 없네. 학교가 당신 천직이 맞긴 맞나 봐. 정말 열심히 살았으니 이제 학교에 대해 미련 같은 것은 남아 있지 않을 거고. 수고했어요."

그랬다. 아이들과 만남이 언제나 행복한 것만은 아니었지만 방학이 끝나 가면 학교 갈 준비로 설렜다. 새 학년이 되면 새로 만날 아이들 부풀어 오르는 웃음소리를 떠올리며 속으로 웃고는 했다. 이제 나도 아이들과 같이 교문을 나서며 고등학교를 드디어 졸업한다.

선녀에게서 카톡이 왔다.

"앞으로도 싸워 가며 열심히 살아보입시더~"

036 – [덤 둘]


쉰을 지천명이라 하는데

나이 예순넷에 고등학교를 나선다.


이 세상에 왜 왔을까?


산벚나무는 산벚나무로,

소나무는 소나무로 잘 자란다.


젊은 나무도,

고목도

새순 새잎으로 산다.

(「고등학교를 나서며」 전부)

## 037 ‒ 쑥스러웠다

환갑 벌써 지난 내가 근 30년 만에 처음으로 젊은이라는 말을 들었다. 80대 중반 할머니가 곤란한 상황이라 조금 도와드렸을 뿐이었다. 그때, 바깥분 전화가 왔다.

"젊은이가 도와줘서 잘 해결했다."라고 말하며 환한 얼굴로 나를 바라봤다.

젊은이는 참 쑥스러웠다.

깨달음

→ 지식, 학문적으로

　어떤 것의 원리나 비법 등등을 이해함.

　예) 유레카 - 부력의 원리를 깨달은

　아르키메데스가 지른 함성

→ 마음의 평화, 번뇌에서의 해방 등

　특유의 경지에 도달함.

　예) 고승의 미소, 반가사유상의 미소


젖을까 봐 걱정하는 것은 젖기 전까지이다. 다 젖고 나면 자유롭다. 우산 버려두고 여름 세찬 소나기를 맞아 보는 그 통쾌한 맛.

화살나무 푸른 나뭇잎이 늙어

고운 단풍이 되듯

늙어 더 아름다워졌으면 하는


욕심 한 짐


수수수

성근 그늘 아래 휩쓸려 간다.

(「바람」 전부)

## 038 – 서시序詩 3

내 속의 나에게 닿고 싶다.


허물어지지 않는 완고한 벽을

간장막야干將莫耶로 단도직입單刀直入

시의 심장에 닿고 싶다.


펄떡이게 하고 싶다.

간장막야干將莫耶

– 중국 고대의 두 자루 명검

– 초나라 '간장'이 왕의 명령에 따라 아내 '막야'와 더불어 양검 '간장'과 음검 '막야'를 만들었다. 남편이 집을 떠나면서, "나는 '음검' 한 자루를 왕에게 바치고자 한다. 이런 명검이 또 만들어지는 것을 걱정하여 왕이 틀림없이 나를 죽일 것이니 출산할 아이가 사내아이이면 남산에 묻어 놓은 '양검'을 찾아 그 검으로 내 원수를 갚아 주시오."라고 했다. 예측대로 간장은 왕에게 죽었다. 사내아이로 태어난 '적비'가 자신의 목숨을 바쳐 결국 왕을 죽인다.

날 들어 햇살 쏟아지자 사흘 밤낮 술렁이던 떡갈나무 숲은 가슴속 깊이 갈무리해 두었던 등불마다 기름 부어 가지 끝 끝 연둣빛 불길 밝히고 퇴색한 마른 풀대 아래 납작 엎드렸던 쑥, 냉이, 벼룩이자리 어린 순 머리 풀어 기지개 켠다. 민들레 길다랗게 목 뽑아 올려 멀리 살피고 벚나무 꽃맹아리 팝콘처럼 하얗게 가슴 부풀 듯

재깔재깔 와그르르 짝짝이 쏟아져 나오는 토요일 한낮.

큰놈 버들치가 중치 버들치 좇아 짓궂게 군다. 피라미 피라미끼리, 참마주 참마주끼리 어울리고 장난치고 짝짓는다.

계곡 물속만 그러랴. 범나비 범나비끼리, 노랑나비 노랑나비끼리 어울리고 춤춘다. 봄맞이꽃 봄맞이꽃끼리 피어 서로 반갑다.

마흔에도 쉰에도, 예순 넘어서도 사월은 첩첩 불길 더 환하여 지상이 천상보다 향그럽다.

「사월」 전부)

# 039 - 중심

엄지발톱 다치고 나서 조심하는데도
왜 그렇게 많이 부딪힐까.

돌아보면
상대는 아무런 뜻 없었는데
나만 상처에 소금 뿌려진 듯 파들파들 아팠다.

그 반대라고 왜 없었을까.

손톱 밑에 가시만 들어도
온 신경이 거기로 간다.

**039** - ［팁 하나］


'골곰짠지'를 담가 봤다. 경상도 향토음식이다. 무말랭이와 오징어실채, 김치양념에 조청을 묽게 해서 넣었다. 며칠 밖에 두어 맛 들면 아삭아삭 씹히는 장아찌처럼 맛있다.

039  - [덤 둘]


너는

하늘에 있지만


나는

물속의 너만 보고 있다.

(「낮달」 전부)

## 040 - 형제

오월 끝자락에 알토란 몇 개
마당 한 자리 잡아 묻어 주었더니
무리 지어 쑥쑥 잘 자란다.

먼저 나온 작은 잎이
뒤에 나온 잎줄기 힘껏 키우고
또 뒤따라 나오는 잎줄기
힘껏 키워 토란대 무성하다.

모처럼 들른 아우
토란은 좀 습한 땅에 잘 자라는데.

손 많이 가지만
토란 잎이
무성하니 마당 한 자락 덮고 있으면
거기, 큰형님 서 있는 듯
눈길 갈 때 마음 넉넉하니 편해.

늦게 나와 쑥쑥 자란 큰 잎 아래

숨어 있는 작은 잎

토란밭엔

먼저 건너간 큰형님 그림자가 깊다.

길가 덤불에 반쯤 숨어서 소변을 보던 사람은 한번 꾸
짖는 소리를 듣고 나면 다시는 그런 짓 하지 않을 사람이
다. 길 가운데 떡 버티고 앉아서 바지 내리고 대변을 보는
막무가내 무뢰한에게는 말이 아무런 효과가 없다. 약은
강력한 공권력뿐이다. 그러니까 선생님들이 잔소리하고
꾸짖고 고치려고 한다면 막무가내 무뢰한이 아니라는 말
이다.

김유나가 물었다.

그래서 그 제자는 스승을 떠났나요?

떠나고 떠나지 않고는 너희들 맘속에 있다.

에이, 쌤, 비겁해요. 그래서 떠났나요?

김 원장아. 내가 비겁하다는 말이가? 그 스승이 비겁하
다는 말이가?

(장편소설 「황산강」에서)

040 - [ 덤 둘 ]


통도사 극락암 앞 늙은 감나무는

거죽만 남은 둥치가

더 얇아지고

해마다 여러 가지 잃어버려

무성함이 많이 성글어졌지만

새순 돋고 새 가지 더해

여름 하늘 아래 그늘도 만들고

땡감도 여럿 달고 있다.


쉰 중반 넘어가며

낱말이 가끔 떠오르지 않고

해야 할 일 잊는 때가 잦다.

그래도

새순 새잎으로 배우고

새 가지로 익히니

가을이면 감빛이 기쁨으로 더 밝다.

「논어와 감나무」 전부)

# 041 - 호래~이 형님

제삿날, 작은형님이 쑥대를 잘라 와 피워 놓은 모깃불에 부지깽이 질러 연기를 솟구치게 하면서 멍석에 동그랗게 둘러앉은 조카들 사이에 이야기보따리 하나 풀었다.


재 너머 백화산에 지게 우에 삼 껍질로 질게 꼰 새끼하고 참지름 잔뜩 바른 까만 새끼 염소 한 마리를 묶어서 지고 가는 거야. "염소한테 참기름은 왜 발라요? 구워 먹게요?" 아니, 그냥 들어 봐. 호래~이를 잡으려면 그렇게 해야 하는 거야.

재 너머 보문 우에 넓은 풀밭 가운데 새끼 염소를 질따란 삼끈에 묶어 놓고 저만치 멀리 숨어서 지달리는 거야. 그러면 황소만 한 여산대호가 어슬렁어슬렁 내려오거든. 새끼 염소는 그냥 오돌돌 떨기만 하고. 커다란 호래~이가 입을 떡 벌려서 새끼 염소를 한입에 꿀꺽. 그런데 새끼 염소한테 참지름 많이 발라나서 그만 밑으로 쑥~! 삼끈에 호래~이 한 마리 꿰어 났지. 또 한 놈이 어슬렁~ 꿀꺽. 어슬렁 꿀꺽. 꿀꺽. 꿀꺽. 그래서, 열두 마리를 한 꿰미에 꿰어 잡았데.

　새끼 염소는 죽었어요?
　아니, 그 손자가 지금도 잘 뛰어다니고 있어.

　애들은 모두 거실로 들어가 텔레비전 앞에 모였고, 안
사람들은 제상 준비로 분주한데 칠 남매와 자형들 모깃불
연기가 새삼스러운 큰형님 집 넓은 마당에 앉아 있다.
　길게 떨어지는 유성에 꿰어 웃고 있는 열두 마리 호래
~이가 마당에 꿰미째 홀러덩 떨어진다.

꿈속이었다. 신랑이 사돈총각으로 바뀌어 있었다. 안된다고 생각하면서도 용암이 대지를 가르고 솟아오르듯 온몸이 뜨겁게 열렸다.

첫닭이 울 때 잠든 신랑을 내려놓고 밖으로 나왔다. 우물 속에 달이 들어 있었다. 두레박을 내리니 달이 흩어졌다. 부서진 달 조각들을 건져 올렸다. 여전히 뜨거운 정수리 위에 차가운 달빛을 쏟아부었다. 정신이 번쩍 들었다. 사립문 쪽 환한 달빛 속에 사돈총각이 조각상처럼 서 있다. 나는 전신이 다 젖은 몸으로 안방 부엌을 향해 천천히 걸어갔다. 시선이 따라왔다.

밥 안칠 가마솥 앞에 앉았다. 저고리와 치마가 몸에 딱 달라붙어 있었다. 부엌 바닥으로 물이 떨어져 흘렀다. 아궁이 속 불길이 크게 일어났다. 사립문 쪽을 봤다. 아궁이 속 불길이 부엌 안을 밝혀서 달빛 속에 서 있을 사돈총각 백상덕은 잘 보이지 않았다. 하지만 백상덕이 내 젖은 몸을 보고 있는 것이 선명하게 느껴졌다. 아궁이 속 불길을 더 크게 일으켰다. (장편소설 『황산강』에서)

041 - [덤 둘]


남해 먼바다

철렁대는 파도에 씻겨

더 맑아진 눈빛.


마음 허공에 문득

수박만 한 청등青燈 하나.

(「고향 별」 전부)

## 042 · 옛날을 꺼내어 본다

오래지 않아 날이 샐 것이다.

묵은 글을 꺼내어 읽어 본다.


서운암 장경각으로 가을 소풍을 갔다.

아이들은 고3

나는 2월이면 정년

아이들이랑

소풍 참 많이도 다녀왔다.

이제 마지막 소풍이라 생각하니

조금은 쓸쓸하고

마음이 아릿아릿했다.

녀석들

이제 말 잘 듣고 어른인 척한다.


눈에서 멀어지면 마음에서도 멀어진다.

'눈에서 멀어지면 마음에서도 멀어진다'라고 한다. 왜 그럴까? 오감 자체도 마음이기 때문이다. 보고 듣고 맛보고 냄새 맡고 감촉하는 것 그 자체도 마음인 까닭이다. 눈에서 멀어지면 오감에서 다 멀어진다. 의식에 화인처럼 각인된 것이 아니라면, 차츰 희미해진다. 아니, 각인된 것조차 차츰 옅어져서 마침내 사라진다.

"3년 지나니 희미해집디다." 언젠가 들었던 말이다.

042 – [딤 둘]

아침 햇살 줄기줄기 떨구는

신갈나무 떡갈나무는

무서리까지 견딘 것들로

환하게 길 밝히며 서 있습니다.


햇살은 이윽고 개울가 돌에까지 내려가

은빛 도금 녹여 내리며

눈부신 치장도 걷어 내라 합니다.

이제 지고 갈 것들만 지고 가라 합니다.

(「무서리 내린 아침에」 부분)

4

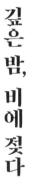

깊은 밤, 비에 젖다

마음 허공에 자리 잡은

연등燃燈 하나.

## 043 - 이순耳順

그런데, 노상

귀에 거슬리는 것뿐이다.


아직, 길이 멀다.

043 - [덤 하나]


노상 - 언제나 변함없이, 늘 한 모양으로

노 + 상 = 늘, 줄곧 + 상[恒常(항상)]


청춘은 육신의 나이로 계산되는 것이 아니라 한다. 삶
의 깊이나 넓이도 그렇다. 먹물 더 묻었다고, 가방끈 길
다고 삶 깊어지거나 넓어지지 않는다.

속이 싱싱한 불꽃이라야 제맛이 난다.

아내 늦은 상차림을 도와 옅은 갈색 껍질 두세 겹 빈틈 없이 둘러싼 잘 마른 양파를 벗긴다. 코끝을 자극하는 짙은 향으로 연둣빛이 도는 납작스레 동그란 양파가 환한 빛 속살을 드러낸다. 버섯전골에 맞게 세로로 자르고 남은 양파 반쪽, 속이 싱싱한 타오르는 불꽃이다.

큰놈 낳던 날 오신 어머니
너도 이젠 속이 생겨 껍질이 됐구나.

전골냄비 하나 가운데 두고 신김치 한 접시, 밥 한 공기씩. 큰놈 작은놈 집사람과 내가 둘러앉은 식탁. 향그런 불꽃으로 환한 우리 식탁 주위엔 이제 겉껍질로 둘러싸는 할아버지, 할머니, 아버지, 아! 어머니.

(「버섯전골을 먹으며」 전부)

## 044 · 나뭇잎 편지

노을은

진달래 피어서 더 붉고


바람은

이 이른 아침에

그대

있는 곳으로 밀어 가네.

"할매, 내 연인 친구야." 백상덕이 하숙집에 올 때마다 아끼꼬가 꿀이 뚝뚝 흐르는 표정으로 말했었다. "내가 왜 네 애인이냐? 그냥 친구지." 그럴 때마다 백상덕이 아끼꼬와 나누던 달콤한 시선을 거두어 나를 돌아보며 아끼꼬의 말에 선을 그었다.

"상덕 씨, 아직도 연인과 애인 구분하지 못해? 애인은 육체적 관계고, 연인은 순수하게 사랑하는 사이야." 그때마다 아끼꼬가 애인과 연인의 차이를 설명했지만, 똑같은 상황에서 백상덕의 반응은 한결같았다.

(장편소설 『황산강』에서)

각시둥굴레 빛깔 흰 옷자락엔

검불 하나, 도깨비바늘 하나

매달리지 않는다.


고개 들면, 문득

와락 달려드는 망양정 앞 푸른 바다

흰 파도처럼

내 속으로 들어와

난초 향, 꽃치자 향

따끈한 온돌, 포근한 털 재킷,

뜨거운 불길이 된다.

온몸 구석구석

흔적 없이 태우는 불길이 된다.


그는 길이 끝난 곳을 지나서 온다.

(「연인」 전부)

# 045 ‐ 깊은 밤, 비에 젖다

입춘 지나 우수 무렵

밤은 깊어 산중 조용하기만 한데

비가 소리 없이 젖어 내린다.


깨어 엎치락뒤치락하다가

냉장고 문을 열고

뒤적뒤적.


'누가바' 하나 꺼내어 껍질 벗기다

문득 떠오른 생각


이 비 맞으며

젖은 섶 사이에서 서성거릴

어린 고라니 한 마리는 얼마나 추울까.


뜬금없이,

이 무렵 DMZ 매복 들어가

습기 띤 분단 추위로

와들와들 떨던 봄을 떠올린다.

중실은 머슴 산 지 칠 년, 맨주먹으로 쫓겨났다. 첩을 건드렸다는 김 영감의 오해 때문이다. 갈 곳 없는 중실은 빈 지게를 지고 산으로 들어간다. 산불로 죽은 노루를 얻어, 여러 날을 났다. 마을 장에서 나무를 판 돈으로 감자, 좁쌀, 소금, 냄비를 사서 산으로 올라갔다. 나무 밑 낙엽을 이불 삼아 하늘의 별을 세며 잠을 청한다.

(이효석 단편소설 『산』에서)

－ (평) 이 작품은 자연에 대한 심미적 태도와 자연합일이라는 궁극적 경지를 형상화했다.

－ (궁금한 것) 산촌의 나무 한 짐 값으로 감자, 좁쌀, 소금, 냄비를 살 수 있을까? 그렇다면 뭐 하러 머슴살이를 하나. 나무꾼이 산촌에서 제일 부자일 듯. 낙엽 더미에 들어가서 자는 것이 가능할까? 눈에 보이지 않는 물것들, 미생물, 바이러스에 견딜 수 있을까? 새경은 어떻게든 받아 내어야 할 것 아닌가?

물은 몸을 낮춰 제 속 깊이

하늘을 담고

하늘은 몸을 굽혀

제 속 깊이 물길 흘리네.


물은 산굽이마다 힘껏 몸 부비며

제 속으로 바람 풀어놓고

나무는 그리움으로 한껏 발돋움하네.

(「개울 건너며」 전부)

고성 바닷가 상족암 바닷물이

원시시대처럼 맑다.


그 시절

나는 티라노사우루스가 아니라

목이 길고

되새김질할 위장이 거대한

채식 공룡이었다.


멸종의 길을 건널 때

생生은

얼마나 어둡고 긴 터널이었던가.


마침내 얻은 사람의 삶은

스스로 지울 수도, 새길 수도 없는

기억의 짐 때문에

건널 때마다 그 얼마나 무겁던가.

깨끗한 에너지, 전기만 먹고

마음도

마음대로 비우고 채우는

AI가 부럽다.


마음 한 방울

맑은 바닷물에 떨군다.

나는 생물에 속한다. 나는 하나의 생명이다. 일체유심조一切唯心造라는 말이 있다. 마음이 곧 나라는 말이다. 이 말은 '나 = 마음'이지, 마음의 주인이 따로 있는 것이 아니다. 감촉하고, 맛보고, 냄새 맡고, 듣고, 보는 것도 다 마음이다. 이 모든 것들이 나다.

내 마음은 구름. 어느 한순간도 머물지 않네.

그 마음 걷어 내면 언제나 푸른 하늘 거기에 있네.

(「나뭇잎 편지 4」 전부)

047 - **배려**配慮

꽃잎 하나, 웃음 하나


극락암 연못 가

백 년

벗나무엔

큰 웃음 하나


하늘엔, 낮달이 하나

047 - [덤 하나]


사람의 힘은 거기서 거기다. 천하장사라 해도 근력의 총량이 일반인의 서너 배를 넘기지는 못한다. 남들에게 잘해 주는 사람이 의외로 집에 오면 가정적이지 못한 경우가 많다. 남에게 싫은 소리 못하고 남은 정말 배려하면서 가족에겐 그렇지 못한 사람이 많다.

누구를 더 배려해야 할까.

047 - [덤 둘]

떫었을수록

홍시는 더 달다.


늦가을 까치밥으로 남겨 둔

선화네 감나무

홍시

따 먹고

내려오다 "까악 깍"


'툭'

털고 일어나

"미안하다. 뭐."

(「까치밥」 전부)

## 048 - 우수, 청류동천

흰 눈 속에서도 파랗게 섰더니

산죽은 남풍에 낯을 씻고

맑은 햇살

녹아내리는

계곡 물속을 들여 본다.


송사리 무리 지어

흰 구름 속을 헤엄치고


지란芝蘭은 연둣빛 부끄럼

목 길게 뽑아

갸웃거린다.


나는

마음 밭, 속 깊이 감춰 둔

순백純白의

기다림만 걸러 내어

가지 끝에 점점이 붉은 등불을 건다.

청류동천靑流洞川 ─ 통도사 본절부터 산문까지의 계곡
→ 푸른 솔숲 사이로 흐르는 맑은 물과 아름다운 계곡이
신선이 살 만큼 맑고 깨끗하다고 붙인 이름. 해인사의 '홍
류동천'과 쌍을 이루는 계곡.

귀에 박혔던 떡볶이도 빠지고 눈에 발렸던 찌짐도 걷혔
다. 지상의 나는 무상無常이고 하늘나라 선녀는 항상恒常이
라 나를 따라 지상地上에 남은 선녀는 항상을 포기했다.

마침내 단단한 가슴도, 풋사과 같았던 엉덩이도 다 벗
어 버렸다. 끝끝내 마법의 보자기 다 스러지고 늙은 아내
에게서 지상에 내려온 선녀를 본다.

048 - [덤 둘]

산다는 게

너와 나 이어져 통하는 것이라는

늙어 가는 아내가 있는 청류동 찻집엔

한 백 년 싸우다

마침내

하심下心한

뭇 소나무가 숲을 이루고

물은 그 속에서도 천 년을 두고 한결같이

티 없는 웃음소리 흘려 내리네.

(「청류동 찻집엔」 전부)

# 049 - 자본주의 목소리

선녀가 대학병원에 입원했을 때였다.


자기들끼리 대화할 때와 달리

환자나 보호자와 이야기할 때

간호사들 목소리가 한 톤 높았다.

만든 소리인 듯해서

약간 거슬리는 느낌도 없잖아 있었지만

목소리에 생기가 도는 것 같아 더 좋았다.


한 간호사 목소리가

만들어 낸 것이 아닌 진심인 듯

자연스러우면서도

유난히 반짝반짝 빛나고 생기가 돌았다.


간호사 선생님 목소리 들으면 힘이 나요.

고맙습니다.

아픈 선녀가 환하게 웃었다.

다 자본주의 목소리예요. 집에 가면 달라요.

밥 먹다가 앞니 하나가 빠져서 치과에 갔더니 그 옆 앞니 세 개와 어금니 여덟 개를 뽑으라 한다. "치료할 수 없나요?" "안 됩니다. 다른 이빨까지 상하기 전에 뽑아야 합니다. 음식은 씹을 수 있으세요?" "딱딱하고 야문 것 아니면 먹을 만해요. 잇몸 치료는 안 되나요?" 의사 선생은 머리를 흔들었다. 그 어금니들 다 뽑고 당장 임플란트를 하지 않으면 나중에 정말 힘들 거라며 열한 개를 뽑자고 했다. 어금니 여덟 개는 나중에 하기로 했다. 결국 앞니 세 개를 뽑고 철심을 박았다.

앞니 빠진 채 다닐 수는 없는 일이다. 두 달 동안 아래쪽 앞니 네 개는 틀니다.

덧씌운, 때운 이빨들 다 빠졌다고 생각해 본다. 얼마나 불편하고 보기 싫을까? 감지덕지다. 감사하고 감사할 일이다. 그래도 치과에서 최소한 잇몸 치료는 할 줄 알아야 한다.

물길 흘러 마침내 바다에 닿듯

그리움은

만남에 닿아야 하네.


이제, 불 밝히지 않아도 되리.

금결로 돋아나는 눈부심으로

바람은 물결을 토닥이고

햇살은

물결에 묻혀

내

속 깊이

바람 따라가는

반짝임 슬려 가고 휘몰려 가나니.


오늘 아침 강물의 반짝임

헛것이어도 좋아라. 미망이어도 좋아라.

(「이별」 전부)

# 050 - 돌아가다

너는 머물고, 나는

떠나온

고향

별.


해풍에 씻겨 더 맑아진

눈빛.


검은 하늘에

연등燃燈

하

나.

우리 집은 산속에 있다. 봄, 여름, 가을, 겨울, 사계四季가 다 좋다.

문형, 눈 오면 어쩌는가?

3년에 두 번 정도 눈이 길에 쌓이네. 차 미끄러지며 내려가지 뭐. 슬금슬금. 차로 미끄럼 타며 한참, 한참, 한참 내려가면 차 다니는 평지네.

퇴직하기 전 선녀는 눈을 끔찍이 싫어했다. 우리 사는 집이 산속에 있어서.


우리 집은 산속에 있다. 봄, 여름, 가을, 겨울, 사계四季가 다 좋다.

문형, 눈 오면 어쩌는가?

3년에 두 번 정도 눈이 길에 쌓이네. 차 미끄러지며 억지로 내려가지는 않네. 멀리 저 아래 엉금엉금 차가 기어 다니는 평지의 눈길 내려다보며 따끈한 목련차 노랗게 우려서 둘이 마시네.

선녀는 퇴직하면서 이제는 눈이 오면 더 좋겠다 한다.

우리 사는 집이 산속에 있어서.

산은 만 년의 만 번을 두고

비워서 흘려 내려도

무성한 숲으로 깊어지고


바다는 만 년의 만 번을 두고

일만의 강으로 채우고 채워도

제 속 다 채우지 못해 파도로 뒤척인다.


내 속에 저 무성한 숲이여.

내 속에 저 파도로 뒤척이는 그리움이여.

(「마음」 전부)

# 051 - 구절초

구절초 뽀얀 얼굴
씻지 않아도 맑은데


가을비 연사흘
쉼 없이 내리네.


씻어서
더 맑은 그 얼굴
풀섶 산길 밝히네.

수철이 오빠가 잦아드는 모깃불 더미에 막대기로 숨구
멍을 만들어 모깃불을 살렸다. 그 위에 설마른 삼닢을 흩
뿌려 덮었다. 다시 연기가 솟아올랐다. 동쪽 작은오봉산
마루가 훤하게 밝아지더니 불그스레한 얼굴로 보름달이
솟았다.

"이쁜 애씨는 나중에 뭐 할라요?"

배내마을에서 온 아지매다. 동구나무 아래 누워서 자
던 일꾼들이 일어나서 둘씩 셋씩 둘러앉아 두런거리며 낮
에 벗겨 놓았던 삼 껍질 뭉치를 옆에 두고 겉껍질 훑어내
기를 하고 있다.

"공부 마이 해서 여슨상님 하믄 조커따. 구두 신고 양
장하믄 이쁜 애씨가 을매나 더 이쁠꼬?"

(장편소설 『황산강』에서)

소도둑처럼 커다란 체구에 황소처럼 커다란 눈을 껌벅이며 우포늪 한켠 언덕배기에 웅크린 어머니 집에서 한국호랑이 한 마리 어슬렁어슬렁 키우는 진짜배기 시인 노창재가 아~ 행님! 그렇게 안 봤는데 참 꼬롬합니더. 와? 뭔소리고. 누가? 행님이! 내가 왜?

구절초 뽀얀 얼굴 / 씻지 않아도 맑은데 // 가을비 연사흘 / 쉼 없이 내리네. // 씻어서 맑아질 양이면 / 나도 벗고 맞으리.

이 시 종장 보이소. 참 꼬롬하제.

듣고 보니 그랬다. 선친 산소 오르는 길에 보는 사람 없어도 걸음걸음 다문다문 풀섶 산길 밝히던 구절초 환한 모습이 떠올라 좀 부끄러웠다. 고치고 보니 각운까지 산다. 세상이 뭐라 한들 씻어서 더 맑아지면 맑아진 만큼 좋은 일 아닌가.

구절초 뽀얀 얼굴
씻지 않아도 맑은데

가을비 연사흘

쉼 없이 내리네.


씻어서

더 맑은 그 얼굴

풀섶 산길 밝히네.


덕분에 선산 오르는 길섶이 환하게 밝아진다.

(「구절초 2」 전부)

# 052 – 입춘立春에

해가 올라가며
길어졌던 탑 그림자가 짧아졌다.


길은 언제나
돌아보면 끝이 끝이 아니다.


답이 있는
수학 문제도 풀어야 답이 나온다.


매화는 겨울이 추웠기 때문에
불을 속으로 모았다가
이제 꽃으로 풀어내는 것이다.


점점이 붉은 불덩이.

삼 찌는 솥은 무쇠가 아니었다. 집 뒤 조금 경사진 자갈밭 아래쪽 돌과 흙을 걷어 내자 방구들 같은 것이 나왔다. 무너진 곳, 흙으로 멘 곳을 고쳤다. 그 위에 걷어 낸 것들을 골라서 돌들로 두껍게 덮었다.

아침부터 그 삼솥에 불을 세차게 땠다. 밭에서 쪄 온 삼단을 삼솥에 빽빽하게 세워 둘레를 새끼로 묶었다. 바깥에 이엉과 멍석 같은 것으로 둘렀다. 굴뚝으로 벌건 불길이 솟았다. 시침돌이 적당하게 달았을 때 삼솥 위에 물을 들이부었다. 허연 연기가 구름처럼 솟구쳤다. 준비해 두었던 멍석이랑 가마니, 털어 둔 삼잎으로 위쪽을 꽉 덮었다. 허연 구름이 물씬물씬 솟구쳤다. 소여물 익는 냄새에 톡 쏘는 듯한 연기 냄새와 섞인 쌉싸름하고 아릿한 냄새가 났다.

(장편소설 『황산강』에서)

052 - [덥 둘]

꽃은 상처랍니다.


상처 입은 손으로 짜낸

그 위에 수繡놓은 혈흔입니다.

(「매화」 부분)

# 053 - 꾸미다

눈썹으로 청년 운세를 본다던데
미남미녀, 선남선녀가 넘쳐난다.


사람은 향내도 퍼뜨리지만
악취도 배설한다.


처가와 화장실은 멀수록 좋다.


다 옛말이다.
집 안에 화장실이 두셋이다.


거짓말하는 동물은 드물다.
하지만, 사람은 꾸미면서 사람이 된다.

솔직한 것 좋다. 주위에 솔직한 사람이 있다는 것은 복이다. 솔직한 마음을 털어놓아 편한 사람은 많을수록 좋다.

하지만 뒷담화로만 솔직한 것은 부끄러운 짓이다. 그 뒷담화를 들켜서 거짓말로 둘러댄다면 그것은 더 부끄러운 짓이다. 뒷담화를 가리기 위해서 거짓을 강요한다.

때와 상황에 맞게 세련된 거짓으로 치장하는 것이 문화다. 외교다.

향기는 가둘수록 깊어지고
사랑은 감출수록 넘쳐흘러라.

온 겨울 꽁꽁 감추었던 푸른 꿈은
천지사방 온 산천을 뒤덮고
수십 년 묻어온 불씨
솟구치는 구름 기둥을 붉게 태우며
일렁이는 바닷물을 태워 달궈라.

강물은 막을수록 부풀고
사랑은 덮을수록 불길 더해라.

(「사랑은 감출수록」 전부)

## 054 - 봄이다

천상의 구름보다 환하게 빛나던 살구나무가 몇 날 며칠 사랑앓이를 뜨겁게 하더니 아랫도리가 아주 핏빛이다.

속 여문 살구가 풍년이 지겠다.

집에서 내려다보이는 곳에 공설 축구장이 있다. 눈비가 오나 바람이 부나 일요일 아침이면 사람들이 공을 찬다. 잘하는 것을 해야 즐겁다. 음치인 나는 노래방에 끌려가는 것이 고역이다. 그런데 노래 잘하는 사람들은 돈을 내가며 노래한다.

공부가 제일 쉬웠다는 사람은 있다. 공부가 제일 재미있었다는 사람도 있을 수 있다. 하지만 나는 공부가 쉽지도, 재밌지도 않았다. 특히 중고등학교 다닐 때 더 그랬다. 왜 그랬을까? 배우고 익혀야 비로소 잘할 수 있는데, 배우기만 하고 익힐 틈이 없었기 때문이다. 배우는 것은 이해하는 것이고, 익히는 것은 이해한 것에 숙달하는 것이다. 잘 익힌 것이라야 잘할 수 있다.

익힐 수 있는 여유가 있어야 한다. 잘하면 재밌다. 눈비 속에서 공을 차는 일이 쉽고 편할 리 없다. 잘해서 재밌는 것이다. 어울리는 즐거움이 그 고통보다 크기 때문에 저렇게 뛰는 것이다.

미루나무 끝동 샛노란 단풍마저 무서리에 떨어지고 마당 짚가리 두지가 밤마다 달빛을 녹여 은칠을 했다. 마을은 수런수런 들떠 있었다. 양동이, 바가지 몇 개와 버드나무 테를 먹인 얼기미를 들고 둠벙을 푸고 있었다. 돼지 멱따는 소리가 마을과 들을 흔들었다. 둥둥 걷은 바지에 묻은 진흙 그대로 서로 힐끔 쳐다봤다.

마당에 장작불 지핀 가마솥이 세 개나 걸렸다. 양동이 가득 받은 피에서 더운 김이 솟는다. 따 놓은 멱에서 아직 쿨럭쿨럭 피가 솟는다. 농짝만 한 돼지에게 설설 끓는 물을 가져와 붓고 털과 때를 밀던 선우 아배가 멱 언저리를 도려서 피가 듣는 살을 환하게 웃으며 우적우적 씹는다.

쫓겨난 애들은 골목길에서 굼기놀이, 말타기, 땅뺏기를 했다. 이윽고 아이들도 불려 들어가 양푼에, 바가지에 김치 얹은 돼지기름 둥둥 뜨는 순대국밥 받아 바닥까지 긁어 먹고 한 그릇 더 먹을 수 없을까 넘본다.

(「돼지 추렴」 전부)

## 055 - 떨림

우리 첫 만남을 돌아보네.


어둠 저쪽 선캄브리아기 그 시원의 시기
무명無明 속 그대와 나에게
두 갈래 길이 열려 있었네.


그대 없이 영원한 생명으로 이어 가는 길
그대와 함께하는
끝없는 죽음의 반복으로 열린 길에서
영원한 생명보다 아름다운 떨림으로
그대 내 속에 피었네.


사랑의 한순간은 영원보다 무거웁나니.

## 1

선캄브리아시대先—時代, Precambrian ‒ 약 46억 년 전 지구가 형성된 때부터 5억4천2백만 년 전 고생대 캄브리아기 이전까지를 말한다. 이 시대 이후 다세포 생물이 폭발적으로 발생한다.

## 2

인도 없는 2차선. 운전하다 보면 보행자 있을 때 하필이면 맞은편에서 차가 온다. 불편한 상황이다. 기억에 남는다. 보행자가 있어도 맞은편에서 차가 오지 않을 때는 불편하지 않다. 기억에 남지 않는다.

얻을 것보다 잃는 것에 민감하다. 오래 동행하면 좋은 것은 많이 남지 않고 나쁜 것은 많이 남을 여지가 크다. 불편하게 만든 사람은 그 상황을 잘 기억하지 못하지만, 불편을 당한 사람은 오래 기억한다. 잊지 못한다. 베푼 것은 잘 기억하지만 배려받은 것은 잘 기억하지 못한다. 상대의 배려를 당연한 내 권리로만 인식하고 있을 가능성이 크다.

오래 함께한 부부는 서로 억울하다.

예쁘다 아름답다 곱다 참하다

사전을 찾아보면 의미가 많이 겹친다.

젊어서는

예쁘다 아름답다가 좋았는데

나이 들면서는 곱다 참하다가 좋아진다.

나이 더 들면

참하다가 더 좋아진다.

참하다에는 마음과 실행의 아름다움이

더 많이 포함되어 있기 때문이다.


아들은 아름다운 각시를 얻고 싶고

어머니는 참한 며느리를 얻었으면 좋겠다.

(「참하다」 전부)

## 056 - 연인 2

연못 속에는 제 얼굴 비춰 보는 달님 들어와

가느다란 바람결에도

부끄러 숨고

하늘 속으로 제 얼굴 비춰 보는

연꽃 한 송이

엷은 구름 한 점에도

입 가려 웃네.

내 마음 하늘가

연한 사과 향이 나는 볼 붉은 아이

목젖이 보이도록 하품을 하네.

불교에서 대개 달은 진아眞我나 불성佛性을 은유隱喩, metaphor합니다.

1연, 연못 속에 들어온 달님은 가느다란 바람결에 일렁이는 파문으로도 제 모습 감춥니다. 심우도尋牛圖에서 소를 처음 막 찾았을 때는 조금만 집중이 풀려도 찾았던 소를 놓칩니다. 하늘의 달님이 진아나 불성이라면 연못 속 달님은 현상입니다. 아직 진짜 소는 찾지 못했습니다. 2연, 하늘 속 연꽃 한 송이는 달님이니 진아입니다. 진짜 소를 찾았습니다. 그러나 여전히 조금만 집중을 놓쳐도 찾았던 소가 보이지 않습니다. 3연, 내 마음 하늘가 볼 붉은 아이도 달님입니다. 소를 탈 정도까지는 아니라도 목젖이 보일 정도로 가깝습니다.

독자 한 분이 시에 대한 문해력文解力을 이야기해서 그냥 한번 펼쳐 봤습니다.

계명성啟明星 돋도록 곧추앉아 바라보니 백련화白蓮華
한 가지를 뉘라서 보내신고.

　– 송강의 〈관동별곡〉에 나오는 구절이다. 참고서에서
는 백련화의 원관념을 보름달이라고 한다. 새벽 샛별이 돋
아오는데 보름달이 뜰 수 없다. 새벽에 뜨는 달은 그믐달
이다. 그런데 그믐달은 눈썹처럼 생겨 활짝 핀 백련화와는
어울리지 않는다. 그럼 송강은 왜 백련화라고 했을까.

　내 눈이 이중 난시이다. 그래서 안경을 벗고 보면 초승
달이나 그믐달도 영락없이 활짝 핀 백련화다. 송강도 이
중 난시였을 것이다.

（『관광버스 궁둥이와 저는 나귀』에서）